阳光明媚的日子

王晓超 著

SPM 南方传媒　广东人民出版社

·广州·

图书在版编目（CIP）数据

阳光明媚的日子/王晓超著.—广州：广东人民出版社，2022.8
ISBN 978-7-218-15840-2

Ⅰ.①阳　　Ⅱ.①王　　Ⅲ.①诗词–作品集–中国–当代
Ⅳ.① I227

中国版本图书馆 CIP 数据核字（2022）第 106630 号

YANGGUANG MINGMEI DE RIZI

阳光明媚的日子
王晓超　著

版权所有　翻印必究

出　版　人：肖风华
供　　　图：刘少白
责任编辑：钱飞遥
责任技编：吴彦斌　周星奎
封面设计：迟迟工作室

出版发行　广东人民出版社
地　　址：广州市越秀区大沙头四马路 10 号（邮政编码：510102）
电　　话：（020）85716809（总编室）
传　　真：（020）83289585
网　　址：http://www.gdpph.com
印　　刷：珠海市豪迈实业有限公司
开　　本：890mm × 1240mm　1/32
印　　张：6.125　字数：120 千字
版　　次：2022 年 8 月第 1 版
版　　次：2022 年 8 月第 1 次印刷
定　　价：58.00 元

如发现印装质量问题，影响阅读，请与出版社（020-83716848）联系调换。
售书热线：（020）85716826

王晓超，笔名超然，河南舞阳人。研究生学历，硕士学位。中华传统文化研究会理事、中华诗词学会理事、中国作家协会会员、中国散文家协会会员、中国心理学会会员、易经学会会员、红学会会员、经济社会发展战略研究会会员、监察学会会员。广东省散文创作委员会常务副主任。

中国传统文化和廉政文化的普及传播者、历史文化学者、诗人、散文家。近年来在广东省直机关、高校、企业、市、县等单位和部门举办上百场次传统文化和廉政文化讲座，受到听众一致好评，产生了广泛的影响。广东广播电视台、《羊城晚报》均做了专门的采访报道。

作品多次获得国家级、省级奖项，著有散文集《下雪的日子》《世间日月随时光渐行》，诗集《超然轩诗札》《一壶诗情暖人生》《世间有你真好》《霁月光年》《几度春来听雨声》。其中，《霁月光年》和《几度春来听雨声》连续半年蝉联广东新华畅销书排行榜文学类榜首。已出版理论集《思维的回声》，专著《反商业贿赂视角下的企业监管研究》《商事制度改革与廉政风险防控》《政治巡视实践新维度——新时代巡视工作的方法与策略》等。

目　录

现代诗

古体诗

词

跋语

日子是明媚的，
但道路有阻且长。

刘少白 作

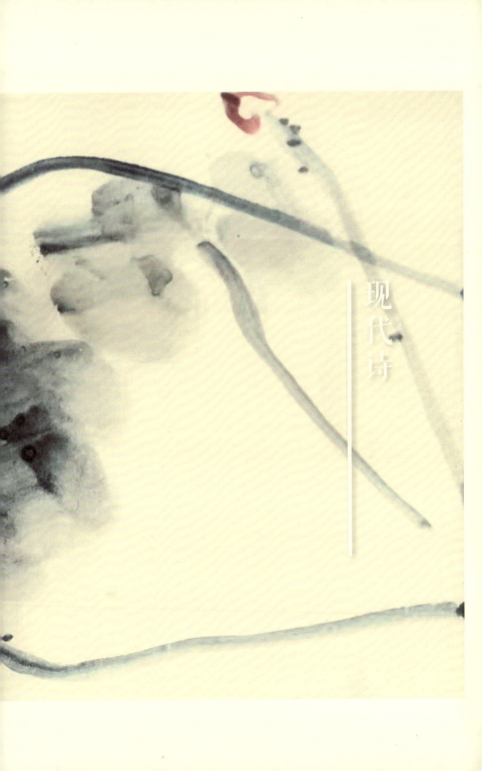

现代诗

阳光明媚的日子

日子的称谓就像一些溶剂

大于词汇，而小于归宿

被安置其中的你我，生活中

似乎没有心思将日子一一概述

三月，在行人匆匆的脚步中

我且吟且行

抵达春天的山顶

放眼望去，一个美丽的季候浮动着

集体的大合唱从树冠之间升起

我加入其中，瞬间强大起来

春光下，浩瀚的明媚

将我卷入无边的空无之中

意义的伟大，成熟于春日的辽阔

我确信，这又是一个明媚的日子

那是一个历史的早晨

阳光从窗格间涌入

是树影的流转让我和父亲默默相对

"努力向上，报效国家"

父亲的谆谆教诲

就像晴空下白羽翻飞，启迪着我激动的心扉

"日子是明媚的，但道路有阻且长"

父亲的话在庭院一角回响

我将故乡挂在了古典的月牙上

坚信人生的重心就在远方

在一个阳光明媚的日子

我乘着绿皮火车

来到驻扎在粤北的军营

大庾岭的花开了一年又一年

年年花形相似，花香各异

每一朵都有着不同的气息

我的青春和热情

像奔腾的车轮，随着天地的轴心向前飞驰

驰骋的轨迹里浸透了军旗的红，还有军装的那抹绿

又一个阳光明媚的日子
我一路向南，直至美誉云山珠水的花城
在那倚马仗剑的日日夜夜
剑断腐恶，诗泣鬼神
为民请命的长啸
风靡了南国大地

在那月影漾起忧伤的日子
面对千夫所指的贪腐
我总是指天问地，激愤不已
百姓的企盼
我将它浸写在几行力透纸背的清泪里
浸成思想坚硬的核，浸成沉郁而豪放的诗

又是一个阳光明媚的日子
春风拂去了人们额上丛生的荆棘
新时代孕育了新理念
这温暖着亿万黎民的壮思

关于黑夜的故事，我已不必赘述

因为岁月里的星辰，一直醒着

固然我们，也曾匍匐他年的风雨中

但最终——

诗歌当归于平仄

明月当归于夜空

阳光明媚当归于祥和幸福的日子

赶 春

是什么在前方引得我的心跟着飞

这是来自季节的召唤

从春天起步，春天是踮着足尖来的

一种悄无声息的喜悦蔓延

蓝蓝的天幕下，飘浮着洁白的云朵

茫茫的大地上，流动着芬芳的甜蜜

弥漫在空气里的丰饶气息，有着草香味

平静的湖面上，几只湖鸟在呢喃

长疯了的紫藤，将影子帖入高高的墙头上

明媚的阳光在田野上投下斑驳色彩

鲜嫩的桃花和绿柳在三月的时光里编织着绵蜜的

　　心事……

春光荡漾——那数不尽遥不可及的美捉住眼睛

溢满蜂蜜的青花碗啊

让干渴的嘴唇，突然润进甜蜜

果园里，一只蝴蝶身着彩色的旗裙

早早占据一树梨花

它已混淆了新欢旧爱，尽情地显示着它霸气的美

这是自然界的大美啊

春天里，人和万物都迈着匆匆的步履

去把握那最好的时机

因为一年之计在于春啊

是的，春意盎然

不懒惰，不颓废，不徘徊

从崭新的绿色里出发

因为在希望的春光的花朵里

我听见律动的不止是种子

我看到粉红的不止是爱情

在和煦的春风里

每一寸土地都得到饱满的甜

每一个热爱春天的人

都会从第一缕阳光开始一天之计——

赶春去

茶诗之间

有人对闲暇的领悟

无非是周末了，爬爬山

喘着气把自己一点一点抬高

仿佛是举手摸着了高天

低头看清了人间

而我的周末往往是明窗净牗拥着雅致吟诗品茶

看，茶尖上卷藏着皓月清风、彩虹云霞、泉石松竹、

　　朦胧小诗

日子在白绒绒的烟雨里

旋转出旖旎气象

这是我心灵的茶香

它在安静中如诗韵流淌

杯中浮现着万事万物

杯中浮现着虚玄造化

杯中浮现着境界神表

茶香溢出的清心气息

幻化成诗和远方

浩渺的世界就此展开

像是你心中美好的期待

在一个春日里不期而至

这是多么令人激动啊

在折叠而泛红的叶片感染下

愉悦的心犹如那首恒远经典的抒情诗

缠绵在水一方

刘少白 作

在雨中

再过三天就是秋分了
而秋分不是秋风
秋分被白露和寒露夹在中间
秋风在这时节吹得有点凉

这几天我们一直在大雨中奔忙
好像一条涓细而又不安的河
围困并洗刷着车子
马达声时高时低
雨刷器拼命地摇摆
如同西西弗斯僵硬的手臂
拨擦时间之泪

雨下个不停
我们进入的城市正清醒地等着
等着我们的到来

人们的笑脸

好似一杯热茶

慰藉着我们疲惫的身心

他们心里明白

再大的风雨

也挡不住我们前行的步伐

因为经风历雨已是我们的常态

前行是面对风雨的态度

我们怀揣的一腔坚韧

将化为收获的喜悦

他们知道

我们也知道

大家都深深地知道

清 明

又到了清明节
这是祭祀的日子
也是哀思、尽孝、感恩、传承的日子
在这样的日子里
那融入血脉里的眷念
随着传承和责任便成为一种精神

大平原上那些黄澄澄的油菜花
埋首于深度的静默里
加入其中的我，阳光落在心里
春风啊，把垄上绽放的野蔷薇
吹到通向坟茔的路上
我经过时，恰巧看到了美丽的花瓣
听到它们在风中的最后叹息
我心中缓缓流淌着悲伤

停下脚步，去回忆一些往事

把父母在世时的团聚再重复一遍

仿佛心中的梦还是那么生动

所有的亲人还是那样安详……

想着想着

雷声轰鸣

大雨淋湿了平原上的草木枝桠

大雨也淋湿了父母的屋顶

总有一些往事不忍回首

总有一些墓碑在大地上耀眼屹立

只是，每一次相见都不再完整

只是，每一次相见都没有笑声

只是，每一次相见都潸然泪盈

故 乡

大平原的春风啊

吹得河面波光潋滟

吹得树枝如拨琴弦

站在故乡街头

望着那一排排的椿树、榆树、梧桐……

它们在春光里集结得如此壮观发亮

每每回到故乡

看着它们又长大了或者老了

我心里总有说不出的感想

因我熟悉它们的模样

它们虽然安静地守在那里

但它们开杈的枝条、摇曳的叶子

也许隐藏着传统树种的悲伤

每当想到春风浩荡啊

早已驯服了，曾咬得故乡遍体鳞伤的洪水猛兽

也让在黄土田间补缀命运的人们

在丰收的喜悦里

一次次驱散了人间悲凉

看，乡村振兴了

故乡充满了生机和希望

还种下了大片大片的粉桃、红杏、白梨……

这些观赏绿植，装点了故乡，芬芳着故乡

故乡真的变了模样

我用眼睛与故乡交流

七彩斑斓涌向唯美的街巷

喜悦的心花开在故乡人的胸襟上

迈向小康，已缱绻成故乡人坚实的信仰

我用耳朵与故乡交谈

听见了鸟语和梆腔

故乡的大地上，豫剧的世代传唱

是最动听的旋律

也是最纯粹的天籁之腔

我用诗意与故乡交谈

用最纯朴的文字和简短的词句

来抒写一首小令

故乡是我心中的经典

今天，我以游子的身份

写下了乡愁——我永恒的诗章

我用心灵与故乡交谈

每一次脉动都是力量的传递

我心中的明灯时刻被故乡点亮

那纯朴、傲然的骨节

就是故乡赋予我的乳名和行装

当第一缕曙光照耀故乡

当布谷鸟的琴声唤醒晨窗

我抛却游子的身份

再次欣然接受故乡从味蕾开始的爱抚和给予的翅膀

故乡，我亲爱的故乡……

屈原祭

今天

又逢端午

我看着用苇叶卷着的粽子

想一个人

两千多年前一个圣贤

自沉于江中

那江名叫汨罗，在很远的地方

我无法想象当时的情景

也无法体会那种悲壮

只因他纵身一跃

人去了，声音浮在天上

英名留在了人间

农历的五月初五

两千多年了

一棵芦苇不停地生长

而人间粽叶飘香

这是纪念

也是缅怀

更是敬仰

每当这一天

仿佛屈原在问我

——你看到我的心了吗

我看到了，你的心

像九天大鹏

在天上展翅翱翔

《天问》就是你的思想铸就的翅膀

你的心像月亮

无声地铺撒纯洁的光

面对黑暗

你就用《九歌》唤醒光芒

让人们在光亮中感悟温情

你的心像流水

在崎岖的远山

在平坦的原野

在神州大地上的每个角落

潺湲地蜿蜒着你的晶莹

你用《离骚》鼓励着人们上下求索

过去，现在，将来

人们像小草一样有你精神滋养而微笑泛青

你的心像开在大地上的素花

不动声色地吐露幽馨

你把你心的花瓣撒在人间

让后人永远叹喟

哦，这是哪一位圣者留下的大爱

今天

仿佛屈原又问：你看见我的心了吗

我回答：看见了，那忧国忧民之心

也是永恒的诗心

刘少白 作

中心湖之夜

星子和月亮，生长在湖面上

湖水滋养着月光

我在夜灯下雕琢这片湖水镜像

哪怕一只迷途的夜鸟

都可以轻易调动水天结成的暮色

此刻，中心湖醉卧在夜露的颤栗中

我从蜿蜒的栈道向湖边走去

今夜

月正半弯

石阶随着湖身四围延伸

湖的岸边

众多名人的经典格言和高等学府的校训

在修长的湖灯上满屏闪烁

无论多晚

都在为黑蟒盘亘的湖堤赋形

眼中的湖水

正随心而动

今夜

我作为一个夜诵者

寻着萤火，互为映照诗歌肺腑

白天的一切终于全数退场

湖边的杜鹃和紫竹林在打探夜风

那隐隐蹲坐的矮山也在倦意朦胧中享受着湖的温柔

湖边那灯火阑珊处的警句浮动思维

断章蕴含哲理因果

我吟诵着这闪着光芒的思想精华

似夜莺盘桓不散

所有画外音颤抖着

星云斑斓

整个夜空都被点亮

时间弯曲着

我确信自己已进入乌有之境

今夜

在绽放着书香的广州大学城中心湖畔

我的思绪更趋活跃

目光也拥有了洞彻与回望的邃远

我又想到李白在这样的夜晚醉落河中

他就那么躲进千年故事里不肯出来

此刻，让我在这不是河的湖边

显得无畏和勇敢

想到历史上的英雄豪杰和君子圣贤

我沉甸甸的仰望

顿悟成一滴湖水

翻涌成我温热的脉搏

今夜

灯火下的至理名言已隐入这荷塘春月

每片遁世的莲叶，都试图小心绕过白日烟火

但在今夜，我却有诗如鲠在喉

诗诵中华民族五千年文明之光

诗诵中华民族的苦难辉煌

诗诵党的伟大和社会主义制度的优越

诗诵中华民族伟大复兴的梦想

诗诵人间的挚情与友爱

诗诵内心的丰盈和事业托起的荣光……

月夜，泛舟星湖

星湖的水有直逼灵魂的蓝

星湖的美有文化内含的蕴

七颗星岩像天上北斗一样

嵌入在宽阔的湖面上

这是一个久远美好的传说

星湖因此而扬名

时序进入初冬

但岸边的绿植仍然绽放着笑脸

湖面上升起的那剪弯月也溶入我们中间，成为了我们

这夜，只有我们一叶小舟

在这宁静的星湖里随心飘荡

宽阔的湖面也是静止的画面

我们交谈中，一首诗却掀起了内心的波澜

在这个夜晚

你们感喟着过去所有日子的记忆

小舟摇摆着，星儿低垂着

你们的微笑带着纯洁和善良

而心里的柔软在哭泣

涌出一片湿漉漉的真诚

我也双眼潮湿

此时，岸边枝头上的鸟鸣

叫醒了越来越多的星子

我们对视着，却留下了无尽的遐思

远处，端州城的灯火

像星星一样眨着眼睛

那剪弯月的温柔

却在水光里一闪一闪

又透过涟漪的荡漾

触及我们的心灵

这涟漪令人清醒，令人思远

翻动着我们的内心之诗

诗意笼罩湖面

而诗行韵律的平平仄仄、抑扬顿挫

仿佛是明月、湖水、小舟和我们在合诵

在甜美的荡漾中

一种久违的感怀洁白如练

正如这小舟速写下的一行细白的留言

但又被迅速擦去——

不留痕迹

仿若一壶老枞甘味过后的浓香

让这个美丽的月夜共鸣着诗人的内心意绪

撞来撞去，亟待一个出口

可我总是在面对大美之时力不从心

夜深了，我仰望夜空

星湖的美姿躺在天空的怀抱

幻化成古渡、渔火、红烛诗魂

再低头看湖，月和天潜入湖底

映蓝天、映雁影、映一帘烟雨幽微空蒙

当我们从湖中回到岸上

离开月下的星湖时

心里空落落的

我仿佛丢失了什么

催我赶紧去寻找

寻找那心中丢失多年的自然之美

在领略自然之美中感悟文化之美、陶冶心灵之美

这，是多么值得留恋和珍藏的大美啊

八月的秋

珠水滔滔，充满颜色的南方八月
今天，雨水还在遥远的地方徘徊
你在树下，看鲜艳的花朵在慢慢变黄
这样的世界，映衬着午后的阳光和金风

你又流连于一座桥上
看夕阳牵着帆船缓缓而来
转眼夕阳消失了，消逝得无影无踪
只剩下晚霞在荡漾的水面兀自顾盼
而你的目光仍在觅寻
那船儿的故乡在哪里
那河流的故乡又在哪里

落叶随水而去，有其沧桑之美
而落日为万物洒下的光辉
在教会我们如何撑起善的底色

群鸟归巢了，晚风带来微微的凉意

"这就是八月的秋呀"，你在自言自语地说

淡淡的夜帘拉密了

你站在其中

宛如那首"白露为霜"的诗

秋的身影

在河边，我看到秋的影子
河水奔走着
在一个凝滞的时间里
岸柳，在心里酝酿着自身的既定流程
悄悄染黄了轻微的叶子

秋天远道而来，正接受着金风的抚慰
河水动了恻隐之心
从涟漪到波纹，从波纹到起伏
跳跃着吹呼着，奔向远方

阳光随着时令在削弱自己的热度
斜阳下飞鸟淡淡地划过水面
最后轻轻地点缀在岸柳的枝头
共享着它们的惬意

诸多事物都趁机把影子投入河中

河水却不停滞

在奔腾中丢失了些许记忆

——弄丢了那些老酒浓茶般的故事

我端详着午后新秋的身影

它怀揣果实散发着缕缕香气

就像诗歌倾覆

或者爱绽放在这美丽的秋日

斜阳点点，我顿悟

某个梦里曾熟悉的温暖

飞进这美好的时空里

当阳光在额头写下诗句

寂静的天空佯装着收起翅膀

这世间万物，虽历经风雨

也仍然还是我们想要的模样

秋 月

一个秋日的傍晚

壮观的火烧云映着我们的脸

一张比一张生动

脸颊上淡淡的笑意已化解了一天的忙累

夜深了

仰望秋月

那是一首轻盈的诗

它踏着平仄的韵律

在云海里航行

当你行走在辽阔的大地上

仿佛它在天上和着你的步韵前行

当它被云朵遮住的时候

把我仰望的目光变成了拉直的棉线

然而，当望月的眼睛再深望的时候

它又露出了光洁的面孔

仿佛又是一个洁静晶莹的开始

四周的云朵反复轮回

源源不断从天际赶来

从它面前走过

仿佛来崇拜它，接受它的光辉

在反复的游动姿态中

已经过去了千朵万朵的云

除了秋月

天空的景象已经无数次改变了模样

每当仰望秋月

我总是遐想无限

在月和云的起伏交替中

让我明白了物与物之间的逻辑

而人的一生都在觅寻同行者

有谁与影相随

有谁结伴同行

又有谁不动声色悄然离去

还有谁在对视中相约来世不见不散

只有秋月

始终与我们默默相随

它那慈祥的眼睛

传递着永恒的温馨

让我们的梦充满甜蜜

秋　韵

又是一个立秋的日子

夏天的炽热，从秋野的草尖悄悄退烧

秋阳的黄金颜色

洒在人们的脸庞上

人们沐浴着新秋的金风

有一种妙不可言的欣怡

在这季节交替的午后

白鹭贴着水面飞过

几只斑鸠扇动着翅膀

在河水里轻轻点了一下

岸边的水草旋即接纳了它们的隐藏

午后的阳光依然留下灼热

这是一片美丽可爱的土地

灵动的三叶草

依着向阳的坡岸潜伏着

它那曼妙的腰身

挂着独享阳光的满足

蝉鸣更加热烈

仿佛不愿辞别这灿烂的季节

而野蜂却奏响自己的欢迎曲

推开时光虚掩的门扉

让秋天进来

让它带着果实的馨香进来

一些果实已经形成

一些爱变得成熟

大地上庄稼、万物有序地生长

耕耘者露出甜蜜的微笑

让秋天带着你心中的喜悦进来

你将读取它在扉页上写下的诗句——

收获是最丰沛的梦想

因为那是人们金灿灿的希望……

刘少白 作

秋　思

晨鸟叫醒了太阳

一忽儿光线飘在风里

就像夜里月亮贴伏在湖面上

没有一丁点儿的温热

在南方，秋蝉还没来得及隐退

秉持着裂帛碎玉的长调和强大的气场

在那高高的树干上

抒发着连接云天的梦呓

在街边那棵大榕树上

一只喜鹊不停地翩飞着

也许它在觅食

也许它在寻找同伴

也许它想筑巢

我远远地望着它，暗暗寻思

平凡的生命要经历多少磨难

才能抵达安宁的处所

一颗心沉下来

舀一勺树影

凉拌着秋天

一饮而尽

洞察万物

不去言说

在回眸的瞬间

目之所及处有忧伤也有喜悦

草木无言，但又如史诗般奇妙

树叶在天地间摇曳成一行行诗句

鸟儿和秋蝉仿佛参透其中之幽微精深

在它们面前我显得那么尴尬和笨拙

在这个秋天

不再物喜己悲

有太多的事物

本就是无法破解的谜团

不如效法庄子

寄情山水并与自然万物和谐共生

用《齐物论》的远观

去演绎天人合德以及我对万物的爱

十　月

寒意来了

一场来自西伯利亚的冷流

就能让整个十月结冰

在这静穆思远的季节

我的心哟

就像一望无际的大草原

宽阔而宏大

更包含着无边的柔软

砂纸般的青春，如今在秋色中飘飞

经年的飞翔，它抖落了人间尘埃

惯性飞行的人，双翅总是张着

因为它承载着漫长的重负的人生和事业

当可供栖停的驿站来临

疲惫的生灵都会歇歇脚

我也不例外啊

风雨兼程的喧声远去了

一蓬蓬庄周化蝶的梦被演绎成永恒的经典

我在梦中寻找自己

沸腾的人流和我擦肩而过

那一张张熟悉的笑脸留在记忆里

一个长年在风雨中奔走的人

今天我将倦意撒在漫漫的水洼中

长成一片轻松浮泛之白

但当又一个夜晚来临

我闪烁的步伐依然飘向夜的深处

我那发着微光似萤火虫般的诗句

在那片思想的领地里愉悦潇洒的逡巡

从每一个狭小刻度上跨越

当然也会偶尔吟出人间轻轻的"万古愁"

寒风把天地刮出了苍茫意象

陌上的泥花结成了霜

这是我们人类的脆弱吗

当然不是

我深知

在一个又一个深邃的夜

我依然会用激情呼唤着月光

祈求它赐予人们平和、美好、宁静和银白圆满的诗章

北国的蝉鸣

在南方
我从没听过这一浪高过一浪的蝉鸣
昨日午后
踏进这座美丽的校园
我竟然被这波澜壮阔的叫声震撼了
我想
北国的秋风再长
也长不过这响彻云天的长调

今晨，我是被这蝉鸣叫醒的
校园里梧桐、雪松、红枫、绿柳
仿佛都装着许多小音响
蝉儿用鸣唱擦拭着蓝天
叫声越悠扬
天空就越辽阔

我凝视这些树上的"隐士"

叫声却没有因我的出现而中断

它们没有把我当成不速之客

而我却因它们的宽容

感到无比欣喜

我竟然如此深深地爱上了它们

听同行的朋友说

西方一个学者曾研究蝉儿多年

发现蝉儿的寿命只有三年

经历了身体变成蛹、再化蝉、再飞翔的过程

但大部分时间是在地下

在树上的时间只有数月

平时还要防备鸟儿、螳螂的偷袭

多么不容易啊

可祖祖辈辈依然解决不了的问题是

地上不是我的家

树上也不是我的家

我心疼地发问

蝉儿的故乡到底在哪里

我欣赏蝉儿裂帛碎玉的天籁之音

更喜欢蝉儿这充盈自然的野性

你瞧，一个小小的虫儿

发出了震天的鸣声

我说它们是世间最有硬度的物种

它们的气场很大

连接着云天的梦呓

我，一个诗歌爱好者

在这里仿佛看到了唐宋的又一个现场

也许这不合逻辑

但我喜欢穿越时空

此时此刻

我获得了蝉我为一的共时性

服从着穿越的幻化

短衫变成了长袍

那头是李白邀月同饮的平仄古风

这端是与蝉同阙共振的水调歌头

羊城，秋夜听雨

羊城，子夜

秋雨点点

它起于花瓣、柳梢、榕叶和檐角的绿苔

它起于大野、河流、山脉和寰宇的空阔

它是梦的波纹、梦的喜悦、梦的化身

毛茸茸的细滴，如我书桌上毛边书里渗润心田的文字

一点点涓细

就似摇摇摆摆的大海

它起于湿漉漉的一丁点寒凉

起于西街花径那微辛微甘的远火

起于湖边弯道上一对情侣的窃窃私语

起于白云山脚下那支小溪的浪花

羊城子夜的秋雨

起于一首平平仄仄的小诗

盈于一杯懵懵懂懂的浓酒

终于一壶醇醇郁郁的老枞

刘少白 作

霜降随想

今天霜降

山岗上草木褐黄

几只金蝴蝶从草尖上飞远了

冬，两周后将如期而至

可秋阳仍旧温暖着万物

果子漫溢着香气

仿佛秋天丝毫没有去意

多年以来

我都盼望着能见到一场茫茫的大雪

而在南方的冬天只能是梦幻般的遐想

今夜，重温我多年前的作品《下雪的日子》

向远方的朋友一一致信

描述记忆中的雪和对雪的思念

大平原上，儿时的雪夜

我们围坐在炉火旁

窗外，漫天飞舞的棉絮在细细地飘

整个冬天，我们都像不知寒冷的雀儿

任凭赖以栖身的树巢被摧毁

也从不知惧怕

在那漫长的雪夜

童心弥漫着琥珀般安谧的温暖，那是多么好啊

至今想起

依然留恋和渴望那种至美的静穆和雪域气概

但是亲爱的，眼前并没有雪落在我们的窗外

我只能提醒你关注天气的变化

空气中凝结的水分越来越重

窗外那细微的白色是霜的影子

它仍然不是雪的真身

但你可以有一种审美期盼

你不妨怀着虚构的热情

参与雪的共建与共享

亲爱的，请你用孩子般的天真和浪漫

去感悟那高贵的纯净和洁白

像对一件美好事物的憧憬

感受幸福与甜美

当用棉花般阳光的掌心捧起雪花含情的目光

这人世间最洁白的事就会洒下晶莹的泪花

我心藏棉花，在雪花落地之前接住她

我有棉花的温暖，雪花的纯洁

这一切都要用心去感悟

只有如此，才有生命的清澈

事实上，这些年我都在不停地修正参照物

调整对于幸福的理解

尽责事业并愉悦生活

这是家国情怀

除此之外，还要学会面对，学会淡定，学会珍惜，
　　学会感恩

顺其自然，少私寡欲

此刻，我还能说些什么呢

比起在疫情侵袭中失去生命的人们

我们该是多么幸福啊

立冬，在贺江边

这一日我们伫立在贺江边
这一日我们友好的见面
每个节气，总会有人默念
一次次地更迭变换
立秋的韵，寒露的美
霜降的白，立冬的歌
都从这流动的水面掠过

按节令，这一日草木开始沉默
晨露伴着黄叶飘去
而这美丽的贺江两岸
依然山花烂漫，绿意盎然
阳光在垂钓者的长杆上斑斓
一江碧水直逼灵魂
我真想邀一朵云霞
去深情地呼唤

天地有大美啊

我们没有错过时令
而南方的立冬节气
却异向不同的空间
看，万物总是清醒着蓬勃着灿烂着
还有轻拢的暖

一群白鹭在江面低低飞过
最后轻轻旋落在那个名叫幸福的半岛上
百鸟有灵，各归其位
这最美的时光，最美的事物
浸润着最美的生活

斜阳向西移动
诸多事物都趁机把影子投入水中
江水却不满溢
最后都形成一道道势不可挡的排浪
演绎着贺江经年不变的雄悍秉性
呼啸着奔向远方

冬天的担心

一群鸟儿飞过
我担心暮色正在降临
它们能否在天黑之前
抵达林子的巢中

辽阔的天际
南飞的雁阵中
是否会有迷路的孤独者
在寒风中回不了家

在冬天
我每天都仰望云空
害怕寒风折断了鸟雀们的双翼
危及它们自由舒展的生命

萧萧苍穹中

我望着那些飞翔的生灵

总想将温暖送到高处

哪怕是给它们最微小的馈赠

立在天地间

我是沧海一粟啊

默默关注着参与着

人类与万物情感的交融

在这个冬天

雀鸟与人类

不紧不慢行走着

保持着均匀的呼吸

共续着平行的生命……

我放大龟回苍海

2021年11月1日下午4点3刻
期盼着放还大龟入海的心
撕裂了无数次又愈合了的寒秋
等待是如此焦灼、忐忑
又是如此的骤然，以至于
怀疑它的真实

大海龟来了，大海龟来了
人们的心提得好高好高
几个海龟守护者
含着泪水，把大龟放在海岸的沙滩上
就这样放行吗？
他们颤抖着双手，瞩目苍海
去吧，我们舍不得你
但要给你自由，给你澎湃，给你远方……

大海阔，风浪高

不到万不得已

守护者不会选择这样的方式

以养护30年的代价将它以一尾水下鱼的姿态混迹鱼群

在人们目光之外过着不可知的生活

我暗暗心疼着感动着庆幸着

深知此次放龟与我有着密不可分的关系

我有点不安和不舍

我小声而深情地说：去吧！给你心灵的肆意、给你想
　　走多远就走多远的宽阔和苍茫

大龟流泪了

传说中神龟感动而落泪的场景再现了

我感到惊诧

在场的人们也都感到惊讶啊

龟的泪眼里装下了我

我含泪的眼里也记下了它

万物有灵啊

人间有五福，天地有五行啊

大龟的脚印踏过尘沙留下了梅花图案

也留下了人类与万物和谐相处的轨迹

我和大龟在依依不舍中分开了

我轻轻地拍着它的背

说出了临别的祝福

我与它的心仿佛是相通的

因为人与万物都是沧海一粟啊

大海映照天空

天空留恋大海

宽阔的苍穹，茫茫的人世

我只是借宿、借过、借物抒情

借人形与万物私订终身啊！

大海上空，云朵渐渐暗了下来

夜幕就要降临了

人们依然不愿离去

大家都无声地凝望着海面

一种磁场吸引着我们的心

虽然再也无法看到它的身影

但我却在虚妄地遐想

若干年后，我们兴许还会在这个海滩上
惊奇地相遇，我祈祷着，期待着

在我离开大海时
看见大海开出的浪花在瞬间四溢
看见那相亲相爱的人说着海枯石烂
我微微一笑
那种又疼又爱又惬意的心花在海面上闪烁

再过一会儿，大海就会退潮
我会在这海滩上再看到这大龟留下的亲切脚印
这印记将深深地留在我柔软的心底里……

刘少白 作

青春与事业的记忆

擦亮党徽，我庄严地在伟岸的山巅宣誓

运送铀矿石的索道在山间穿梭

八一军旗在高高飘扬

每当看到军旗，我总是自豪无比

因为我是基建工程兵的一员

在我的脚下

小草和树木都纷纷起立，向着博大的背景，展示它们

    蓬勃的身躯

因为我的特殊岗位就是它们的邻居

我和我的战友在风雨中奔驰

每天迎来火红太阳的升起

核工业的神圣神秘唤起我们无边的激情和感动

我站在大庾岭的顶上祝福祖国

因为我脚下是国防需要的福地

为了祖国的强大

我在沸腾的年代贡献着自己的青春活力

那段艰难而辉煌的时光

就是伟大旗帜上那一抹红的印记

我曾追光逆行

转业到地方作为驻村干部

到深山的更深处扶贫

我用心和脚丈量着我热爱的土地

全身心倾尽热情和奉献

于是，我担任了县委书记

每天，在太阳还没升起时

我就用最柔软的心和最粗糙的手

在粤北大地上

和被季风雕刻的脸颊上

诠释着共产党人的红色

在五星红旗升起的那个清晨

我又开始了辞北南归的故事

利剑的长啸，神圣而悠远

崭新的时代和伟大的使命

给了我信仰之力

让我在中华民族伟大复兴中

以忠诚卫士的担当去捍卫党的纯洁和蓬勃的生机

今天，我依然抱八面来风仰天啸吟

天地无涯任我慷慨放怀

在这停雨的清晨

回忆我的青春和事业

那是一段追寻光明的历程

在追寻中

经历了冲锋、怒吼甚至牺牲

在那落叶乱了归鸟夕阳的日子

我顶天立地，怀揣初心

向着诗和远方奋进

此刻，四野为我辽阔

任我凭栏任我望远

我依然胸怀古今，壮心不已

在这漫长岁月里

为了一个时代的挺拔

我继续去追寻有光的事物和精神

那就是太阳、明月、星辰、心灯和真理……

刘少白 作

古体诗

新年咏怀

旗映红联盖九州，
上阳祥和慰心头。
凭栏迎新吟秀句，
华夏盛世耀寰球。

羊城立春日

阳和启蛰驱残寒，
万物灼灼报春斓。
羊城街心东风舞，
双燕捡绿蝶翩跹。
珠水悠悠流新碧，
云山巍巍添翠颜。
辽天鸟语声声撤，
晴空曜日人人暖。

立春羊城即吟

寒去阳生雁阵鸣，
春风朔气发羊城。
百卉不待滋芽缓，
已贮暗香深处行。

元　旦

大原湖山人定初，
浮华千丈夜消除。
岁尽元始春将至，
海宇升平人自如。
年年飞花何烂漫，
张张笑靥喜中出。
长风浩荡涤残寒，
上阳啸天开新途。

元夕有怀

灯火阑珊笑颜开，
春风凭栏喜满怀。
人约黄昏心近月，
今宵无眠上亭台。

蝴蝶兰

春风解语情窦花，
东君给力灿若霞。
粉紫殷红枝叶新，
恍如梁祝绕万家。

梦蝶 刘少白

刘少白 作

雨水二首

一

一泓春韵透心甜，

雨水节气听鸟喧。

天籁音清凭意静，

人生味永靠心宽。

二

春风习习花烂漫，

好雨酥酥杨柳烟。

可耕之候绘绿畦，

待获秋光仓廪满。

辛丑年省委首轮巡视放怀

经年征衣不避尘，
巍巍信仰傲昆仑。
锐意兼程日追月，
神弛长风荡谷音。
剑指天涯黎民意，
诗怀千古江山心。
明朝看取黄花落，
方知春风潜此辰。

故乡小园读春

庭外桃红墙内李，
春风韵态流莺啼。
芳草引来蝶蹁跹，
霞光初照燕轻呢。
又见故土话桑麻，
乡愁在心拳拳意。
词客有句情难尽，
吟罢小园上浅堤。

怀念军旅

连营画角一世情，
气吞骄虏梦难更。
旌旗麾动常瞻驰，
豪气依旧吼西风。

家国情*

双节融融满地芳，

万物向上沐天光。

绿笋千家思迁客，

黄菊遍野慰夏殇。

亭榭楼台隔水望，

云帆远影映珠江。

人间仰望今宵月，

灯火阑珊是故乡。

注释

* 2020年是不平凡的一年，适逢中秋节与国庆节在同一天，因此该诗
题名为《家国情》。

刘少白 作

观星湖感吟

星湖流明镜，
涟漪逐浮萍。
人心如可浣，
世间气自清。

星湖赋

　　星湖星湖，其秀何独。鹿鸣于野，鸿渐于陆。上从七星①连苍穹，下与群鸥云水逐。波映日月啸空阔，涛生烟霞荡平麓。朝雾疏淡半掩汀，暮雨初放琴弦促。一点浪白弋灵鱼，千重碧落遗芳躅。我学谪仙歌独漉，醉挹湖山吟不足。苍茫尘寰宝镜蛰，翌然声里德不孤。

注释

①七星：肇庆七星岩，像七颗宝石镶嵌在肇庆市城北中心。因七座石灰岩峰排列状如天上北斗七星而得名，传说是天上七颗星子落入星湖里形成的。

咏星湖十里西堤紫荆花

十里西堤染花红，
万缕幽香溢碧空。
朝凝黛眉紫陌上，
暮聚淑气星湖中。
不惟萱草能忘忧，
今凭紫荆暖万众。
仰望大美寻佳句，
最喜纯真与谁共。

西湖吟晚

湖水漾漾碧波清，
小舟点点万顷情。
柳岸烟波芳菲晚，
苏堤归雁听朦胧。

登圭峰山

登山壮怀向险峰，

敢嘲五岳矮天庭。

不惧峭崖眼前立，

更蔑峡谷脚下横。

松声烈烈因风起，

紫气腾腾缘日升。

凭高望远胸襟阔，

壮心不已气吞嬴①。

注释

①气吞嬴：指蔺相如"睨柱吞嬴"的典故。赵国丞相蔺相如身立秦庭，持璧睨柱，气吞秦王，这里比喻大义凛然、不畏强权的气概。

月下禅寺

风摇菩提摩偈玄，

霞映莲台大乘禅。

山隐月下庆云寺①，

烟绕鼎上一段缘。

烹茶赊香知几味？

深坐无求仰哲贤。

理一分殊②溶道佛，

百家争鸣兴脩然。

注释

①庆云寺：位于肇庆鼎湖山云溪山谷中，始建于明崇祯九年（1636
年）。

②理一分殊：指天地万物变化遵循同一规律，而每一事物分开，又各
自有各自的发展规律。是理学的思想之一，理学是融入佛教和道家思
想以后形成的一个新儒家学说。

刘少白作

初夏江畔雨后

江水浩荡逐波远，
浑如布阵风云翻。
雨骤堪听磅礴曲，
霁景归怀动长天。

夏夜得句

夜阑万籁喧，
心静音自远。
淡月浅浅照，
诗香盈书案。

夏　至

四序叠兼程，

今日气阴行。

一握夏将至，

携诗笔峥嵘。

窗外湑湑雨，

叶清染熏风。

天地无穷尽，

人间情怀生。

夜雨寄怀

夜阑骤雨任疏狂，
荡涤万物化八荒。
明朝熏风摇绿池，
高洁红荷出水香。

茶　韵

熔炼素叶化清气，

胸中山水何人知。

放神八极尘寰外，

茶盈境界诗自溢。

心随朗月高天阔身与风筝一同

戊戌夏画尔乐少白

刘少白
作

辛丑年战友重逢

战友重逢忆军旅，

情卷狂涛欲漫堤。

庾岭①峰险渺云烟，

澜河②浪急洗尘泥。

吟章每叹营垒远，

别句长歌归梦期。

今宵滴淌男子泪，

染湿心中那面旗。

注释

①庾岭：五岭之一。在广东南雄市和江西大余县交界处，军营坐落在大庾岭山脉中。

②澜河：军营旁的一条河流。

辛丑秋日巡视归来放怀

天地苍茫雨潇潇，
烟云漫卷翩玄奥。
千钧重担峙昆仑，
万里征程路迢迢。
痴吟屈子甘呕血，
铁面包公不折腰。
幸有知音来说剑，
长风豪赋起惊涛。

白露吟怀

露白花瘦欲凉秋，

不学宋玉①吟悲愁。

襟阔赋我登高意，

风清月暸烟柳柔。

注释

①宋玉：战国末期楚国人，与屈原并称"屈宋"。传说宋玉总是逢秋
而悲。

刘少白 作

教师节感怀

一寸粉笔师恩浓，
三尺讲台育才雄。
人间春色谁添彩，
心智催生桃李红。

辛丑立秋日遇雨

夏凝雨声稠，

涔涔到寒候。

修竹摇黛影，

红荷映绿畴。

霜卷西风近，

草侵南浦幽。

欲作三秋赋，

韵逸笑五柳①。

注释

①五柳：指东晋陶潜。陶潜宅旁种植五棵柳树，就以"五柳"为号。

秋日湖畔写意

秋水一泓漫波声，
鹭飞鱼跃扁舟横。
昨夜新雨拂湖面，
今朝好风吹日静。

江边极目

长风万里卷雾烟，
极目野舟下长川。
碧波茫茫天接水，
不废江河滚滚前。

中秋望月

今夜无眠遥望月，

千古情愁转眼别。

万种浮华今宵去，

天涯向圆好时节。

寒　露

斑驳柔黄疏疏雨，
金菊沐霜秋千姿。
尘衣多染四时风，
谁怜寒露休花期。

芦荻时节秋风起墨白青

刘少白 作

寒露咏怀

地冻露为霜，

冷色入秋窗。

花牵枝间月，

风撕柳叶妆。

夜深上象寂，

褐黄遍绳床。

心阔常啸吟，

再解会稽章。

冬夜吟怀

诗成豪气扬，
胸中洪波荡。
物我四时清，
气正六合朗。

冬夜独坐

弯弓成往事，
梦里旌旗扬。
寒天风猎猎，
心地雪茫茫。
怀中诗长啸，
纵马踏斜阳。
小窗观冷月，
亭台辨霓裳。

冬日怀集县新农村行吟

寒螀唧唧鸣，

村舍列画屏。

白云舒卷处，

翠竹抱归翎。

盈耳无人机，

惠农隐云横。

扶贫庆胜日，

神州萦新梦。

读《金圣叹选批唐诗六百首》有怀

若采分注承独契，
仰观俯察释妙意。
前解为补后者泻，
伯劳飞燕任东西。
最是发端津津言，
更贵脱卸律律曲。
一笔漫成生雀跃，
万首唐诗显风义。

刘少白 作

读冯梦龙《智囊》有怀

物以类聚人群分，
寻常所惊贤士稳。
娇情镇物智量短，
未雨绸缪通简真。
验不回瞬史为镜，
见微知著启后人。
润及万家多敏悟，
智囊醒世耀乾坤。

冬夜读《兰亭集序》怀古

兰亭墨色今犹在，

重温佳句卷重开。

倘能穿越逢其会，

吾定飞觞抒壮怀。

霜降吟怀

林疏枝凌寒，
风摇暮烟远。
回头送老秋，
新月抱冬眠。

冬夜凭阑

月冷寒光凝，
星淡暮云低。
隐隐烟树远，
脉脉流水寂。
梦中听画角，
唤起沧波意。
曾为万马雄，
肝胆昆仑知。

刘少白 作

夜读少陵诗

星芒数点寒，
孤灯青玉案。
一卷少陵诗，
三载悟机然。

记辛丑中原大雪

漫漫飞花辞上象，
珠栊银阙伴云翔。
洗落天地丹青色，
洁染乾坤曜灿昌。

深夜诗词创作有记

月浅灯深摇帘影，
斜汉朦胧人清醒。
为寻佳句夜不寐，
谁怜梅花冷处情。

除 夕

霞腾紫气日流丹，
花月相似又一年。
茶清尽漉除旧岁，
澄觞载欣迎新颜。
最爱南枝报春意，
更喜盛节今宵澜。
神州大业随梦丽，
东风无限共凭栏。

上元夜羊城即景

社火花灯竞缤纷，
盛世赏月笑语频。
羊城似锦染万象，
九州梦彻人间春。

刘少白 作

旅　途

纵横九万里，

往事已归隐。

琴剑知音赏，

诗向路人吟。

青山依旧在，

东风洗苔新。

晴烟蒸雨气，

暖陌游子心。

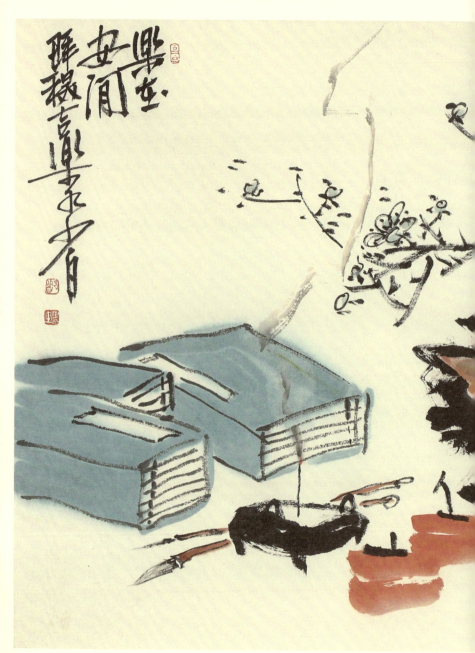

刘少白 作

西江月·羊城春色

紫荆笑绽街巷，木棉褶皱暖阳。
鸥鹭戏水蘸珠江，惹得波心轻荡。

古榕抽出新枝，花镶满地犹芳。
郊外绿意洒垄上，喜看春色漾漾。

水龙吟·贺十二届广东省政协
第四次会议闭幕

珠江展涌浪潮，新理念引新格局。

南粤大地，激情澎湃，星驰铁骑。

领袖嘱托，再创辉煌，策马擂鼓。

看鼎新革故，奋斗接续，建精言，献良谋。

历四十载开放，共谱写，春天故事。

领衔九州，大张鹏翼，翱翔寰宇。

东风给力，卿云华旦，灿昌今古。

喜政协兴会，砥砺奋进，远征新旅。

新荷叶·雨霁赏花，次韵钧剑教授

雨霁花城，百卉新蕾开竟。

东君撒黛，更有弱絮为萍。

轻翎退粉，春光过、亭台燕影。

余寒吹散，喜眺当空霓虹。

星毯高揭，浑凝一片金星。

芳时易度，晚风何羡冠簪？

喧喧街市，须看淡，雾暗云深。

桑榆当惜，唯期女夷①关情。

注释

①女夷：出自《淮南子·天文训》："女夷鼓歌，以司天和，以长百谷禽鸟草木。"指主管春夏万物生长的神。

刘少白 作

清平乐·平原四月天

浩浩平原，看黄河浪溅。

喜闻莺燕鸣桃杏，春染阡陌翠颜。

又见儿时炊烟，堪洒热泪潸潸。

故园明月依旧，乡愁天长地远。

清平乐·回乡

又回故里，心曲悠悠喜。
门前春水流镇日①，痴看多时谁是?

绿柳依旧无言，乡愁溅起云烟。
欲借明月浅斟，蓬蒿忆取童年。

注释

①镇日：终日，从早到晚。

鹧鸪天·童年

重忆儿时放纸鸢，笑绽童趣在梦边。
又扑流萤惊栖蝶，露下庭柯①望鸣蝉。

黄河浪，大中原。乡愁相隔几层烟。
人生若有重逢季，稚气长驻便是仙。

注释

①庭柯：庭院里的大树。

高阳台·回故乡忆童年

潦水围城，泥筑宫廷，一群转世真龙。
陌上谁呼？飞鸢牵动顽童。
最爱雨后望长虹，有二三，玩伴相从。
更开怀、溪中游鱼，原上春风。

又喜夜浓数流星，似划空闪电，坠地成峰。
倏尔半生，回眸总是匆匆。
每每歌哨归来晚，唤儿声，响彻云空。
看炊烟、无忧无虑，其乐融融。

行香子·回故里老宅院吟怀

小院风爽，花覆红墙。

酒三巡，烈情酣畅。

月圆人好，不负春光。

老屋热土，展新颜，兴康庄。

纸鸢高翔，童稚嬉狂。

大中原，处处芬芳。

赋词吟怀，乡愁难忘。

常学苏辛，报效国，梦故乡。

燕归梁·送春

堤上游人逐春晚，又几度欣欢。

飞红欲诉更漏①短，风吹罢，了无烟。

曲陌斜晖，琼池初泮，斑驳掩窗轩。

自古此时惜花残。问幽怀，心安然。

注释

①漏：古代滴水计时的器具。这里指时间。

渡江云·小满

夏意知几许？小满节气，任热烈藉地。

昼衔柳蒿风^①，夜阑暖雨，烟浓鸟归迟。

江边旧约，心浩荡，凝眸波逝。

犹记得，翠幄^②张岸，东君^③已别离。

昨夜，蝉嘶裂帛，气吞骄虏，问壮怀何似？

曙色升，蓦然雄骞^④，高天盛日。

人生留白谦受益，法圣贤，知雄守雌。

应又是，高德更兼道义。

注释

①柳蒿风：夏风。

②翠幄：翠色的帐幔。

③东君：传说中的春神。

④雄骞：振奋高飞，向上飞。

如梦令·夏思

金蜂玉蝶花蝉，白鹭绿蛙红杉。

人间逢盛世，天籁欢鸣万端。

美哉！美哉！

谁绘如此江山？

刘少白 作

西江月·江畔感吟

紫荆淡染江畔，木棉泼春吐芳。
胸有佳句赋辞章，一阙吟红斜阳。

春风几度解语，流水何时腾浪。
心寄社稷江山事，谁懂其中痴妄？

忆秦娥·巡视偶成

东风烈，执意吹落枝头叶。

枝头叶，生机不再，虫蛀残缺。

枝败莫怨因黄野①，虬龙两干擎空叠。

擎空叠，洗荡万物，胜揽飞月。

注释

①黄野：危害树木的黄野虫。

晴偏好·辛丑季夏夜梦

夜阑风热伴雨行，梦中寻诗履三径。

知何季？凉衫有侣携秋萤。

長相思者

兰陵王·庆祝中国共产党成立一百周年

在庆祝中国共产党成立一百周年之际，中华民族实现从站起来、富起来到强起来的伟大飞跃，今赋词以咏之。

迎旭日。红舫犁波扬碧。南湖上、新航开启，乘风破浪潮头立。沐百年风雨。不易。前赴后继。建伟业、开天辟地，中华民族新崛起。

改革怆陈俗。开放寻国富，道路崎岖。四十载辉煌业绩。傍思想伟力，使命牢记，叹神州翻天覆地。谋人民富裕。

发展。新格局。共羽衣挥塵，贫富无隙。六合八方无处觅。似月殿星坛，仙境人世。顶天立地，中国梦，强国力。

念奴娇·建党节重读《共产党宣言》

思想经典，越百年，信仰之基铜铸。

忆南湖风急雨骤，犹见霾生寒暮。

谁遣东风，火种遍布，旗帜引前路。

践行初心，几多忠烈英骨？

仰天遥问星月，西方圣人，述尽盈虚否？

几度沉浮几度起，红色基因育士。

泱泱华夏，龙骧虎步，逐优越制度。

民族复兴，矗世界争锋处。

念奴娇·看《觉醒年代》有怀

文化新评，正金瓯①伤缺，乌云蔽日。

学子激扬济天下，志士救亡兴国。

蛟龙腾骞，南陈北李②，领衔寻远旅。

民族觉醒，伟业从此开辟。

携东风起青萍，使命泰岱，初心不能移。

倜傥少年廊庙器③，似鲲鹏展雄翼。

击水三千，凌空万里，负笈④游宏域。

信仰血祭，泱泱中华崛起。

注释

①金瓯：国土。

②南陈北李：陈独秀、李大钊。

③廊庙器：能肩负国家重任者。

④负笈：背着书箱，借指出国求学。

刘少白 作

临江仙·辛丑建军节忆军旅

饮罢沧桑人浅醉，历经圆缺阴晴。

烈焰天地育儒兵。画角振乾坤，旌旗舞长风。

剑匣奚囊谁唤醒？梦中总忆柳营。

青春如火铁骨铮。军旅豪情在，纵马气吞嬴。

念奴娇·战友羊城相聚

日月不居，数十载，神州风雷磅礴。

犹记柳营挥泪别，勇历世间蹉跎。

天涯迢迢，征途渺渺，壮志凌云阔。

蓦然雄矗，依然啸傲如昨。

休忆雾沉半垒①，英雄何处，功名皆忘却。

夜阑风静樽前醉，浪萍难驻后约。

长鸿声远，云游任我，携手逐风波。

珠江逝水，来年盈盏重酌。

注释

①雾沉半垒：雾气遮住了半座营房。

鹊桥仙·七夕

蝶隐深草，蝉栖远树，皆给鹊桥让路。
月下心醉望伊人，莫误了、佳期一度。

云河漫卷，星花彼岸①，惟愿相思永驻。
只叹银汉路迢迢，更隔着、奈何之湖。

注释

①星花彼岸：永远分离的爱。

刘少白
作

156 │ 阳光明媚的日子

念奴娇 · 惠州西湖

无边秀色，自苏公仙隐，何人堪托？

苏堤烟柳依依在，氤氲琼水如琢。

西子新妆，姮娥醉浴，翩然瑶池落。

古榕修篁，漫闻燕语莺歌。

不问今夕何夕，此时方好，醇酒啸词魄。

挹掬澄流映北斗，遥与苏子同酌。

神接千年，杯交万斛，聊慰平生学。

云水悠悠，吾心融入寥廓。

清平乐 · 知秋

远山墨粹，暑尽夏景违。
堪怜金银吹黄叶，几曾莺啼心碎。

骤见秋雨霏霏，帘外烟叠雾坠，
捡起一地微凉，揽得风月同归。

西江月·秋日傍晚珠江边漫步

一江红流东逝，蝉声褶皱斜阳。

归巢雀鸟慕天光，难分四季模样。

鸥鹭蘸点水面，浅惹波心轻荡。

暮云绕阶锁苍茫，心如秋水①漾漾。

注释

①心如秋水：内心像秋水一样洁静、不沾尘。

刘少白 作

西江月·咏西江

容得千山云雨，推开万壑空明。

浪极长天似龙腾，静化人间尘影。

曾伴云贵星月^①，更随南海潮生。

千艘轮渡^②万舟竞，携来粤桂繁荣。

注释

①云贵：西江源头在云贵高原乌蒙山系马雄山。

②千艘轮渡：西江是粤桂两省的重要内陆运河，为两省的经济振兴发挥了积极作用。

水龙吟·游北江

红舫绽开白浪，天际明霞接瑞气。

岫云涵墨，玉峰悬翠，琼田浮碧。

江烟浩渺，芳洲远影，几迷行鹢。

想盈盈一脉，茫茫九派，贯南北，何其巨。

唱晚渔舟遁匿。

峰峦下，飞来禅寺。

滩头胜迹，峥嵘千仞，还堪挹挹。

僧尼心倾，渔樵梦绕，不须争席。

但今朝可寄，陶公逸趣，顿无形役①。

注释

①形役：为功名利禄所牵制、所支配。

贺新郎·祖国华诞献词

华夏开新宇。

共和国、东方屹立，神州崛起。

今上溯唐尧虞舜，盛世昆仑巍峙，莫长忆，秦疆汉域。

历通丘陆与沧海，更远接、全球邦壁池。

天下敬，五星旗。

苦难辉煌任狂疏。

担使命、前赴后继，谋犹民富。

复兴中华航标屹，破浪穿云越渚。

启壮猷、潮头勇立。

红旗漫卷新阶段，十四亿、人人气如虎。

建伟业，绘宏图。

刘少白 作

桂枝香·重阳感寄

登高纵目，正叶落空阶，漫天奇丽。

一览乾坤顿小，层空劲拂。

中原北望乡无际，别几番、依依怜顾。

玉楼穿空，红日升腾，秋风万里。

看沧桑、光阴何处？

逝者如斯夫，川上哲思。

风卷云舒过隙，断蓬羁旅。

数尽五更人不寐，记风尘、琴剑啸赋。

长歌声远，古今贤良，厚德载物。

水调歌头 · 重阳登将军山

登高凭栏处，砚都极目收。

七星峰岩犹在，天降一北斗。

古有风流人物，善治悠悠端州，铁面垂千秋①。

将军山不老，云尽西江流。

思往事，孤塔耸，更登楼。

万里烟波江上，逝水竞千舟。

疫情突袭世界，多少英雄逐鹿，共建小寰球。

但濯关公刀②，斩断天下愁。

注释

①铁面垂千秋：宋代包公治理端州三年，留下廉洁奉公的千秋好名。

②关公刀：肇庆将军山塔中供奉着千尊关公持刀塑像。汉代关羽将军
已化为中国老百姓心目中的守护神。

江城子·登鼎湖山思远

冰轮转冬日飞凌。

鼎湖顶，鹏凌空。

松涛阵鸣，烟雨夜半听。

品千年端州古韵，青史传，来者凭。

虎啸龙旋卷浮云。

气浩然，昂首吟。

初心难易，信仰重千斤。

跨征鞍剑箫同行，江山赋，黎民心。

唐多令·小雪咏怀

疏柳映纱窗，霜凝寒鸟藏。

冰轮转、小雪时光。

桥头月冷露沾裳，征途遥、路茫茫。

书剑系担当，长歌啸雄狂。

寒暑替、转蓬奔忙。

俯仰古今历登览，筑新梦、九州翔。

鹧鸪天·羊城冬日访梅

常忆少时冬日味，频年不见雪之湄。
花落池阁闲中蚀①，唯有腊梅傲寒飞。

冷月对，共葳蕤，心有明灯路无违。
长风万里荡林霭，烂漫千姿迎春归。

注释

①花落池阁闲中蚀：化用陆游《钗头凤·红酥手》中"桃花落，闲池阁"。这里指百花都在寒风中凋谢了，并落在了池阁中被腐蚀。

菩萨蛮·冬至遇雨

昨夜寒雨涔涔滴，冬至小窗添凉意。

造化凭自然，来去皆是缘。

俯仰九万里，携诗立天地。

帘外任长流，征人醉了头。

金风玉露一相逢七夕 自能之

刘少白 作

临江仙·夜读

案头五经漫述，北窗竟夜飘灯。

襟怀似海荡波声。

上下求索路，风雅慰平生。

一叠远山鹤梦，半天风月云影。

纵观青史渐分明。

昔心持向晚，吟啸气如虹。

江城子·冬夜遇寒风忆激情燃烧的岁月

几回梦里着军装，风呜咽，地窝房。

大山深处，青春伴秋凉。

两弹功勋将士血，惊天地，国威扬。

常吟词句颂辉煌。

忆军旅，泪盈眶，倏尔半生，战友在何方？

激情燃尽永不悔，国安泰，慰军章。

喝火令·惜别

雾霏花香溢，幽禽语空山，蜂迷蝶醉舞翩翩。
正是新春佳节，处处庆团圆。

小聚君归去，同游庆馀欢，梦随心喜艳阳天。
且自凭阑，回味梅浅浅，再望江飞白羽，隐约那条船。

刘少白 作

175

卜算子·望月

黄昏门轻掩，夜深万径寒。

宵唤朔风啸疏狂，摇落五更烟。

窗白月静好，梦醒忆春山。

肝胆昆仑吾自知，且立九霄间。

浣溪沙·清理书柜有作

风雨兼程忙一身，长夜未央弄诗文。

今朝来扫旧书尘。

梳理心情方致远，清空意念始归真。

乾坤万象昭古今。

诉衷情·腊八赏梅

谁道腊梅最堪怜，浅萼退冬寒。
一生注满清韵，淡墨迎春颜。

疏影瘦，秀蕤展，醉中眠。
身着孤傲，心若幽兰，情绽人间。

凤凰台上忆吹箫·除夕

芳菲初妆，桃符更换，节庆弄笔燃脂①。

东君已布春，当赋新词。

又叠除夕琼筵。亲情醉、万家团聚。

分明见，朱幡剪彩，花影灯饰。

迎喜。梅花佳句，华夏上象宽，

今朝复兴梦，近在咫尺。

历几番风雨，才有今夕。

九州此夜无央，俱欢腾，未觉春迟。

看来日、中华神话，响彻寰宇。

注释

①燃脂：点燃灯烛。

摸鱼儿·依韵和军旅诗友怀稼轩

冬潇潇、涔涔冷雨，丝丝为谁拂。

欲弩长风荡万里，翻涌亦如君血。

寒气冽，隐约有、剑啸盈耳何曾歇。

壮心烈烈，看豪气萦词，长歌酹酒，唤醒九天月。

驰骋久，已铸铮铮铁骨，偏安成了愁绝。

金戈铁马画角梦，寸寸犹如飞雪。

亲射虎，堪回首、忠烈往事成幽咽。

鸿雁声切，天远凭谁藉，依马挥毫，徒剩了心热。

鹧鸪天·过端州

心中无尘也无垢，惠州更上到端州。西湖风轻鸟峦树，鼎湖浪细人泛舟。

冰轮转，梦长留，往事回首意悠悠。一弯新露西江月，豪气萦词啸九州。

浪淘沙·题秋

　　黄叶摇微寒，秋已斑斓。雨霁西风送征雁。绿肥红瘦幽竹斜，收与眉边。

　　望万里长天，祥云漫卷。我欲豪赋慨叹。词章悠悠携韶年，梦远诗宽。

跋　语

　　这本诗集我命名为《阳光明媚的日子》，是继我2021年2月出版发行《世间有你真好》之后，又收录了我新一年来110首新作献给读者。

　　在本书即将付梓之际，我想起多年来很多读者提出的问题：我是怎么处理事业与兴趣爱好之间的关系的？其实我以前已简单谈过此问题，今天再以跋的形式补之。

　　我总认为，一个人的职业，首先它是事业，是支撑生命的食粮，是生存之本，不可或缺；兴趣爱好是什么呢？是沸腾血液的茶和酒。茶酒都能成瘾，这瘾如果发作了，谁也无法阻拦！

　　这就是我在烦冗忙碌工作之余坚持创作的动力。我的每首诗，都是在夜深人静时"熬"出来的，数十年如一日，没有"瘾"的支撑，是无法坚持下来的。

　　当然，这只是简单的比喻，应该说诗歌出现在我的世界里绝不是蓄意而生、刻意而为的事情。它自然地出现、生长、茂盛，一如那自然生长的草木，一如琴弦找到流水。

有人总说我有诗的灵感。我却认为，诗歌作为一种特别的艺术形式，它从发生、酝酿到完成，最终以艺术品来命名，这就给诗歌创作提出了更高的要求。灵感固然重要，但捕捉到灵感不仅仅依靠诗人的敏锐和洞察力，还与诗人自身所处的环境和经历密不可分。

几十年笔耕不辍，人生移步换景，但我对诗学的追求始终没有间断。在探索中经历了好几个阶段，有过沧桑，也有过恬淡，更有过明媚。今天回头来看，我的诗歌创作水平也是起起伏伏、高高低低。究竟写出了多少好作品，自有读者评判。但我对诗歌的追求是崇尚完美的，比如对词语的删减、组句、排序都为了一个目标：精准。为了精准，我无时无刻不在脑海里打磨着，有时为一个字而反复斟酌推敲，甚至半夜醒来还要起床更改，真是寻句而成瘾。我曾写过："我是为寻佳句而燃烧着自己的身体、精力及情感之柴。"我还写过："尽管日子已被事业填满，而诗意继续填补着光阴，这是对人生对真理的一种服侍。"

临了，我还想说的是，当我写下"跋语"二字时，发现我想说的似乎也蕴含其中了——如果读者不能从你的诗行里悟出什么，又怎能奢望读者在你美饰过的跋语中得到有益的启示呢？

本书的出版，得到了广东人民出版社的关心和支持，在这里对肖风华社长、孙波、蔡彬、刘少白、许泽红，还有编辑同志钱飞遥谨致谢忱！

此刻，夜已深了，雨滴打着窗外玉兰树阔大的叶子，发出扑簌扑簌的脆声，给寂静的夜平添了些许生动。初秋的风带着凉意从帘外袭来，洗涤着熬夜者的身心……

我拿起笔，写下了以上文字。

是为跋。

2022年8月16日夜于广州超然轩